Le Sang des Porphyre

1. Soizik

dessin & couleur
Parnotte

scénario
Balac

DARGAUD
BENELUX

Pour Agnès, Nils et Tiloë...

Merci à coconino-world.com pour son îlot d'images rares et son chaleureux accueil.
Merci à José et Julie...
J.

Du même auteur

Parnotte :

Aux éditions Soleil

En collaboration avec Mallié :
- Hong Kong Triad (3 titres)
- Les Aquanautes (5 titres)

Sur un scénario de Félix :
- Un Pas vers les Étoiles

Conception graphique : Josépé

www.dargaud.com

PREMIÈRE ÉDITION

Dépôt légal: d/2006/0086/285 • ISBN 2-50500-005-0
Imprimé en France par PPO

COMME TU ÉTAIS BELLE...
JE PEUX TE LE PRENDRE ? TU NE M'EN VOUDRAS PAS...
... C'EST PROMIS ?
AÏE !
1.

ALORS, SOIZIK ?! ON VOLE LES TRÉPASSÉS ?! ...
... VOYEZ-VOUS ÇA !
LAISSE-MOI TRANQUILLE, LE ROUZIK ! ELLE N'EN AURA PLUS L'USAGE DE TOUTE FAÇON ...
"SON ÂME À DIEU, À MOI SA DÉPOUILLE."
HEY !!
VENEZ VOIR !! Y EN A DEUX AUTRES, ICI !!
REGARDEZ LEURS CEINTURES ! QUAND UN NAVIRE FAIT NAUFRAGE, LES MATELOTS GLISSENT TOUS LEURS SOUS DANS LEURS CEINTURES, AVANT DE SAUTER À L'EAU !
BENEZ DOUÉ ! LES GOÉLANDS LEUR ONT CREVÉ LES YEUX !
?!
Y A UN AUTRE BRIS, LÀ-BAS ! ... UNE ÉPAVE ! ... NON ...
... ON DIRAIT UNE TÊTE ... UN NOYÉ ! FAUT Y ALLER !
REGARDE ! LA SOIZIK L'A VU AUSSI !

TROP TARD ! C'EST UNE VRAIE CHÈVRE, LA SOIZIK !
UNE CHÈVRE ? TU NE CROIS PAS SI BIEN DIRE, ARMEL !
RIEN ?! ...
... J'AI POURTANT PAS LA BERLUE ! ...
... C'ÉTAIT ENTRE CES ÉCUEILS, J'EN SUIS ...
?!!
AAAAH !!
QU'EST-CE QU'ELLE A TROUVÉ ?... HERVÉ, TOI QU'ES SOUPLE, VA VOIR !
VA VOIR TOI-MÊME, LE ROUZIK ! JE TIENS À MES OS !
ATTENTION ! V'LÀ LE RECTEUR !
BENEZ DOUÉ !! LES CORBEAUX, C'EST PIRE ENGEANCE QUE LES GOÉLANDS !!
GARE À SON PENN BAZ !

RENDEZ !
KLING
KLING
TOI AUSSI, LE ROUZIK !
J'AI RIEN PRIS !
KLING
BANDE DE PETITS PAGANIZ !!
... IGNOREZ-VOUS QUE QUICONQUE PROFANE UN TRÉPASSÉ OFFENSE NOTRE SEIGNEUR ?
BEN, M'SIEUR LE RECTEUR... ET LE "DROIT DE BRIS" ?! RAMASSER CE QUE L'OCÉAN NOUS DONNE, C'EST LE DROIT DES PAUVRES.
TAISEZ-VOUS !
TENEZ-VOUS À VOUS BALANCER UN JOUR COMME L'HOMME GOUDRONNÉ, ACCROCHÉ À SON GIBET LÀ-HAUT ?

FI DAM DOUÉ ! TU M'AS FAIT PEUR !…
SOIZIK ! SOIZIK !…
… SOIIIZIK !
QU'ATTENDEZ-VOUS ?! ALLEZ CHERCHER DES PLANCHES POUR TRANSPORTER LES DÉFUNTS … HÂTEZ-VOUS !…
… TOI AUSSI, LE ROUZIK ! SI TU VEUX PAS QUE JE TE FROTTE L'ÉCHINE !
RENDS CE QUE TU AS PRIS !
J'AI RIEN !
RIEN … VRAIMENT ?
TU DEVIENS UNE GRANDE FILLE, SOIZIK. FAUT QUE TU COMMENCES À PRÉPARER TON TROUSSEAU …

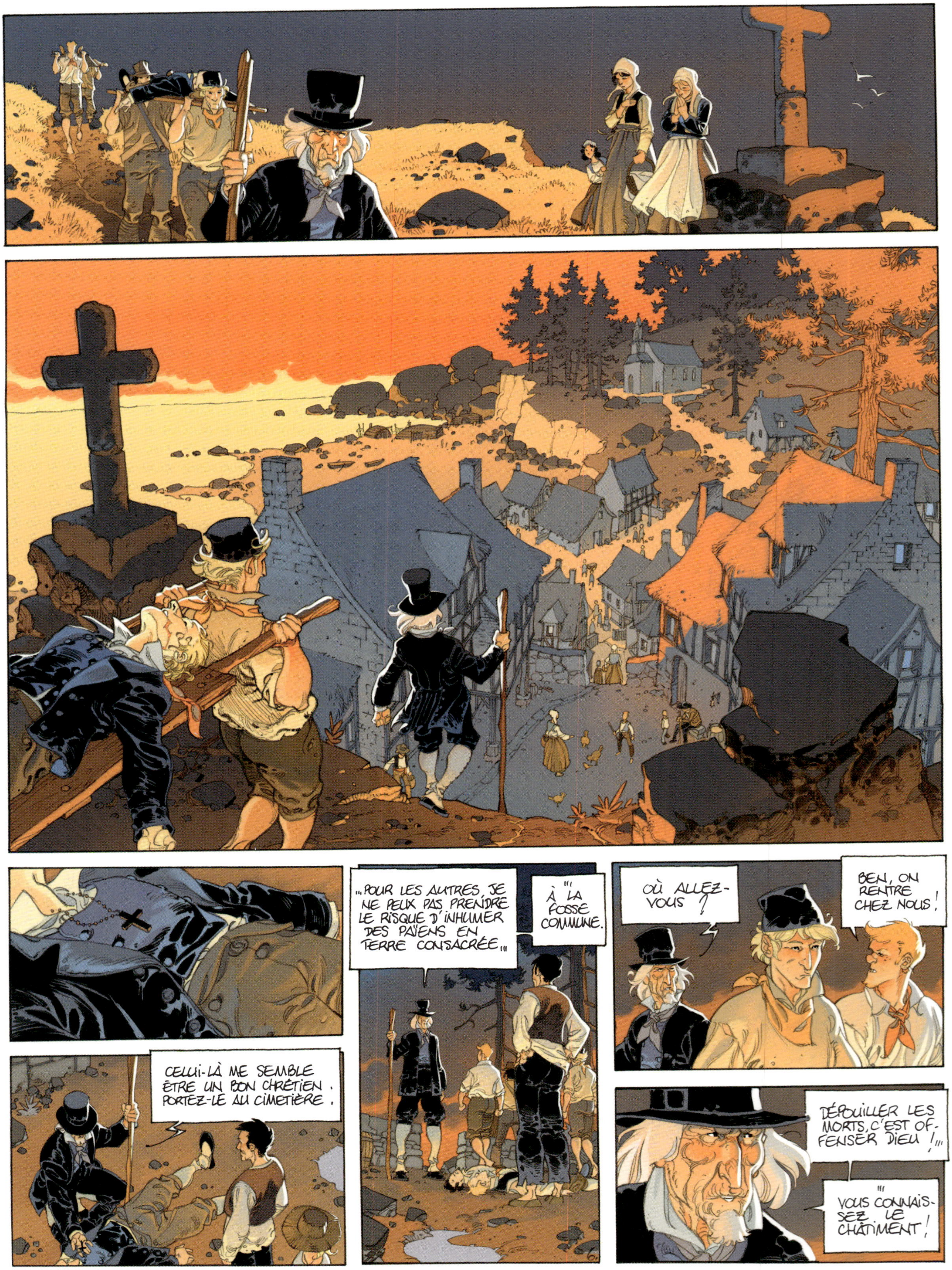
CELUI-LÀ ME SEMBLE ÊTRE UN BON CHRÉTIEN. PORTEZ-LE AU CIMETIÈRE.
"...POUR LES AUTRES, JE NE PEUX PAS PRENDRE LE RISQUE D'INHUMER DES PAÏENS EN TERRE CONSACRÉE..."
"...À LA FOSSE COMMUNE.
OÙ ALLEZ-VOUS ?
BEN, ON RENTRE CHEZ NOUS !
DÉPOUILLER LES MORTS, C'EST OFFENSER DIEU !..."
"VOUS CONNAISSEZ LE CHÂTIMENT !

DIX !
QUOI ?
T'AS BIEN ENTENDU, KORENTIN LE ROUZIK ! DIX FOIS ...
... POUR CHAQUE CADAVRE PROFANÉ !
... À MOINS QUE TU NE PRÉFÈRES TÂTER DE MON PENN BAZ LE MÊME NOMBRE DE FOIS !
PLUS VITE, BANDE DE PETITS PAGANIZ ! ENCORE DOUZE TOURS DE LIEU SAINT !
QU'EST-CE QUI TE FAIT RIRE, SOIZIK ?...
... QUE J'AI LES GENOUX EN SANG ?
LES GENOUX EN SANG ? DE QUOI TE PLAINS-TU ? FAUT BIEN QUE LE BON DIEU RENTRE PAR QUELQUE PART !

PARTIE !!
JE T'EN PRIE !!!!
ATTENDS !!
JE L'AI !!

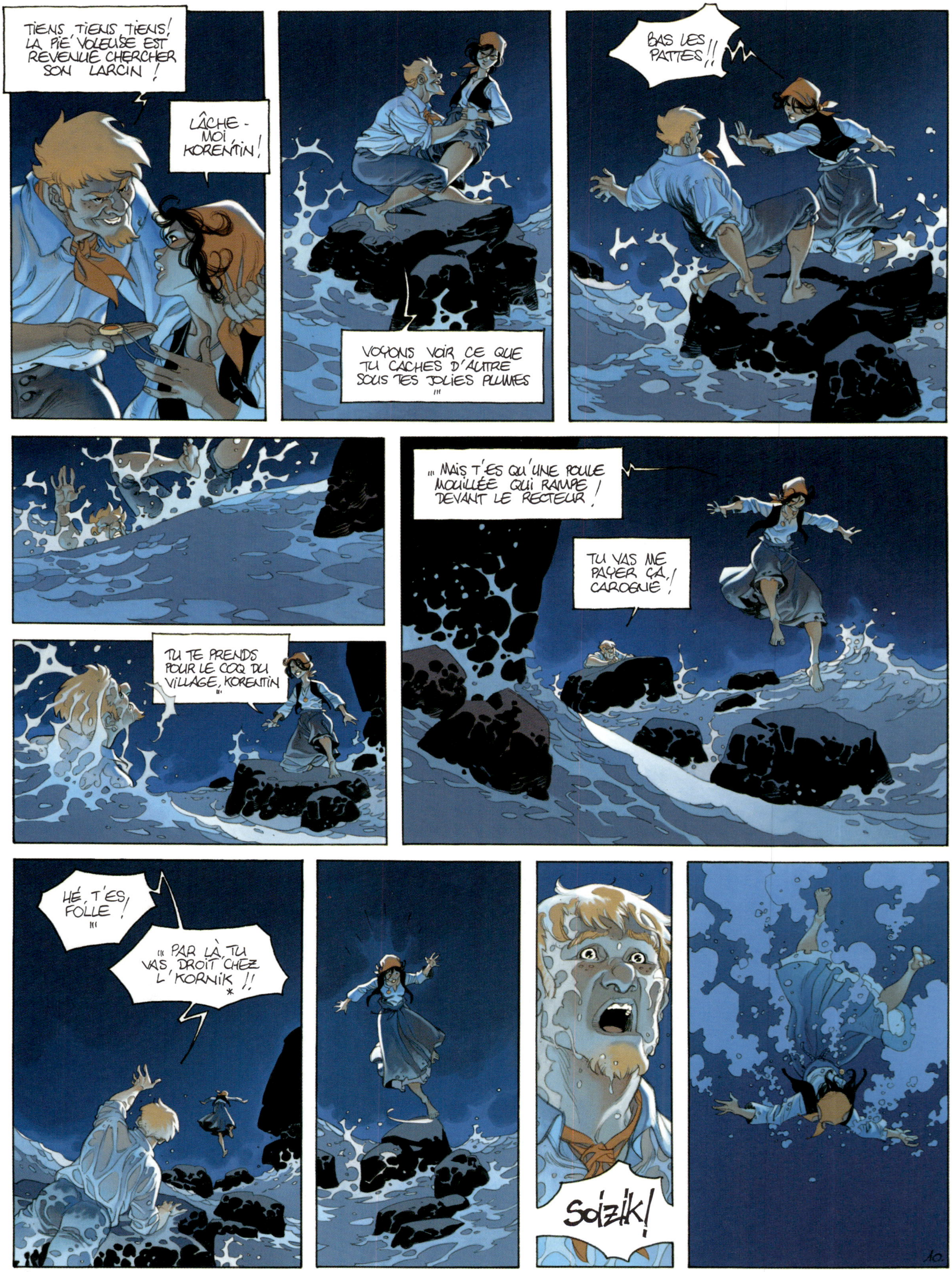

* "LE CORNU" : LE DIABLE

MON DIEU !!
JE SUIS DANS
L'ANTRE DU
KORNIK !!
SORTIR D'ICI,
VITE !
?!
AAAAA

RENDS-MOI ÇA !
... MON COLLIER !
ATTENDS !!
PAR TOUS LES SAINTS DE FÉVRIER IL FAIT PLUS SOMBRE QUE DANS L'ÂME D'UN PAGANIZ...
OHÉ !
?!
CRR
CRR

AAAAA
NON NON !
AU SECOURS !
UNE MORGAZE !
AAAAAA
14.

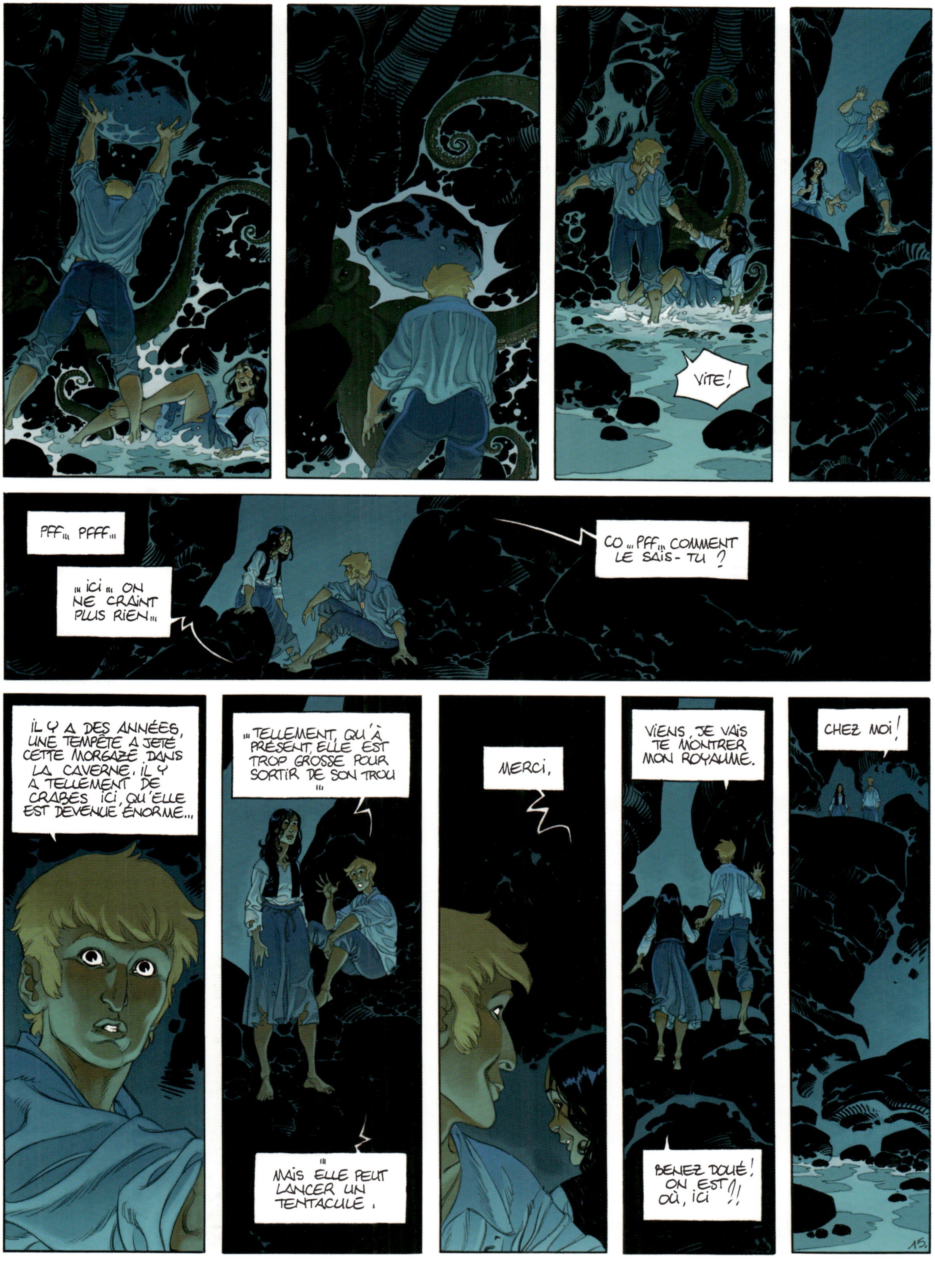
VITE !
PFF... PFFF...
... ICI... ON NE CRAINT PLUS RIEN...
CO... PFF... COMMENT LE SAIS-TU ?
IL Y A DES ANNÉES, UNE TEMPÊTE A JETÉ CETTE MORGAZÉ DANS LA CAVERNE. IL Y A TELLEMENT DE CRABES ICI, QU'ELLE EST DEVENUE ÉNORME...
... TELLEMENT, QU'À PRÉSENT, ELLE EST TROP GROSSE POUR SORTIR DE SON TROU ...
... MAIS ELLE PEUT LANCER UN TENTACULE.
MERCI.
VIENS, JE VAIS TE MONTRER MON ROYAUME.
BENEZ DOUÉ ! ON EST OÙ, ICI ?!!
CHEZ MOI !

C'EST BEAU, NON ?
M... MAGNIFIQUE !
VIENS, ON PEUT DESCENDRE PAR LÀ !
DIS-MOI... TU T'APPELLES COMMENT ?
GWÉMON, ET TOI ?!
SOIZIK.
C'EST JOLI, SOIZIK.
TU SAIS, C'EST LA PREMIÈRE FOIS QUE LA MER M'ENVOIE UNE ÉPAVE VIVANTE...
... JE SUIS BIEN CONTENT.
À PROPOS, GWÉMON...
RENDS-MOI MON COLLIER.

HÉ ! MAIS TU GRELOTTES ! ...
... VIENS, JE VAIS TE DONNER DES VÊTEMENTS SECS ! ...
... MAIS AUPARAVANT, JE DOIS TE PRÉSENTER À MES AMIS !
TES... AMIS ?
EUX !
TOUTES CES FIGURES DE PROUE PROVIENNENT DE NAUFRAGES ? ...
... C'EST AFFREUX !
TU TROUVES ? ...
... TIENS, ESSAIE ÇA !
T'ESPÈRES QUOI ? ...
... ALLEZ ! VA RAMASSER DES CRABES PENDANT QUE JE L'ENFILE !
ÇA SENT UN PEU LE MOISI, MAIS ÇA IRA ...
EH ?!! ...
... ME REGARDE PAS AVEC DES YEUX À GOBER LES HARENGS ! T'AS JAMAIS VU DE FILLES AVANT MOI ?!
BEN SI... NOYÉES.

* TRÉPASSÉS EN MER

WOSH!
MÈRE !
PAR LE SANG DU SÉPULCRE ! ...
... VOTRE MAIN ...
... VOTRE PAUVRE MAIN !
AAAAA
POUSSE-TOI, BENÊT !!
VOILÀ BIEN LA PREUVE QUE C'EST LE KORNIK QUI T'ENVOIE !...
... TOI AUSSI, DIABLESSE, TU VOUDRAIS LE TRÉSOR DES PORPHYRE !
MEURS!
VA-T'EN !! SOIZIK !!
L'ESCALIER, VITE !!
LÂCHE-MOI, NIGAUD ! SI ELLE SORT D'ICI VIVANTE, NOUS SOMMES PERDUS !
DÉPÊCHE-TOI ! ...
... DEHORS À DROITE DE LA TÊTE GÉANTE... LE CHEMIN TE MÈNERA AU VILLAGE !!
MAIS JE NE...
VA-T'EN ! VITE !

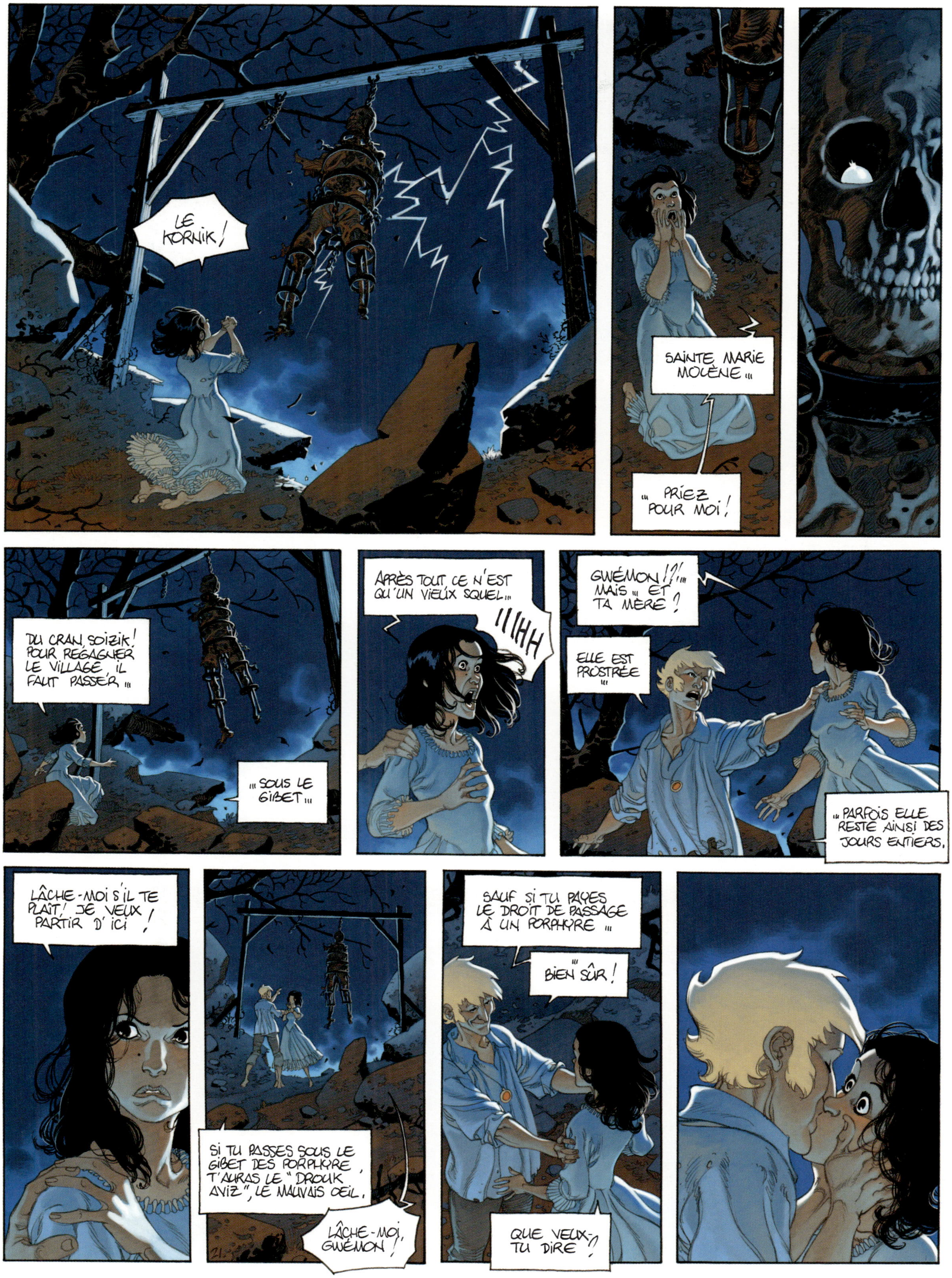

LE KORNIK !
SAINTE MARIE MOLÈNE ...
... PRIEZ POUR MOI !
DU CRAN, SOIZIK ! POUR REGAGNER LE VILLAGE, IL FAUT PASSER ...
... SOUS LE GIBET ...
APRÈS TOUT, CE N'EST QU'UN VIEUX SQUEL...
IIIHH
GWÉMON !?! ... MAIS ... ET TA MÈRE ?
ELLE EST PROSTRÉE ...
... PARFOIS ELLE RESTE AINSI DES JOURS ENTIERS.
LÂCHE-MOI S'IL TE PLAIT ! JE VEUX PARTIR D'ICI !
SI TU PASSES SOUS LE GIBET DES PORPHYRE, T'AURAS LE "DROUK AVIZ", LE MAUVAIS OEIL.
LÂCHE-MOI, GWÉMON !
SAUF SI TU PAYES LE DROIT DE PASSAGE À UN PORPHYRE ...
... BIEN SÛR !
QUE VEUX-TU DIRE ?

CRAA
PÈRE ! NON !
!!!!!HHH
QUE FAIS-TU, GWÉMON ?!
... ALLONS-NOUS-EN, VITE !
QU'EST-CE QUE TU AS TROUVÉ ?
L'OEIL DE CRISTAL DE HYACINTHE PORPHYRE !!

COMMENT OSES-TU TOUCHER À CETTE CHAROGNE ? C'EST... C'EST DÉGOÛTANT ! ET SI C'ÉTAIT VRAIMENT, LE "DROUK AVIZ" ?
AH AH AH !
LE MAUVAIS OEIL, IL EST FIXÉ SUR MOI DEPUIS QUE JE SUIS NÉ ! JE NE CRAINS PLUS RIEN !
FAUT QUE JE M'EN AILLE !... MAIS AVANT, RENDS-MOI MON COLLIER !
D'ACCORD... TU CONNAIS LE TARIF...
AAAAAHH
C'EST MA MÈRE ! IL FAUT QUE J'Y AILLE...
EH ?
C'EST ÇA, KENAVO !
SOIZIK ?!
TU... TU REVIENDRAS ?
T'AS QU'À GUETTER LA PROCHAINE TEMPÊTE... QUI SAIT ?

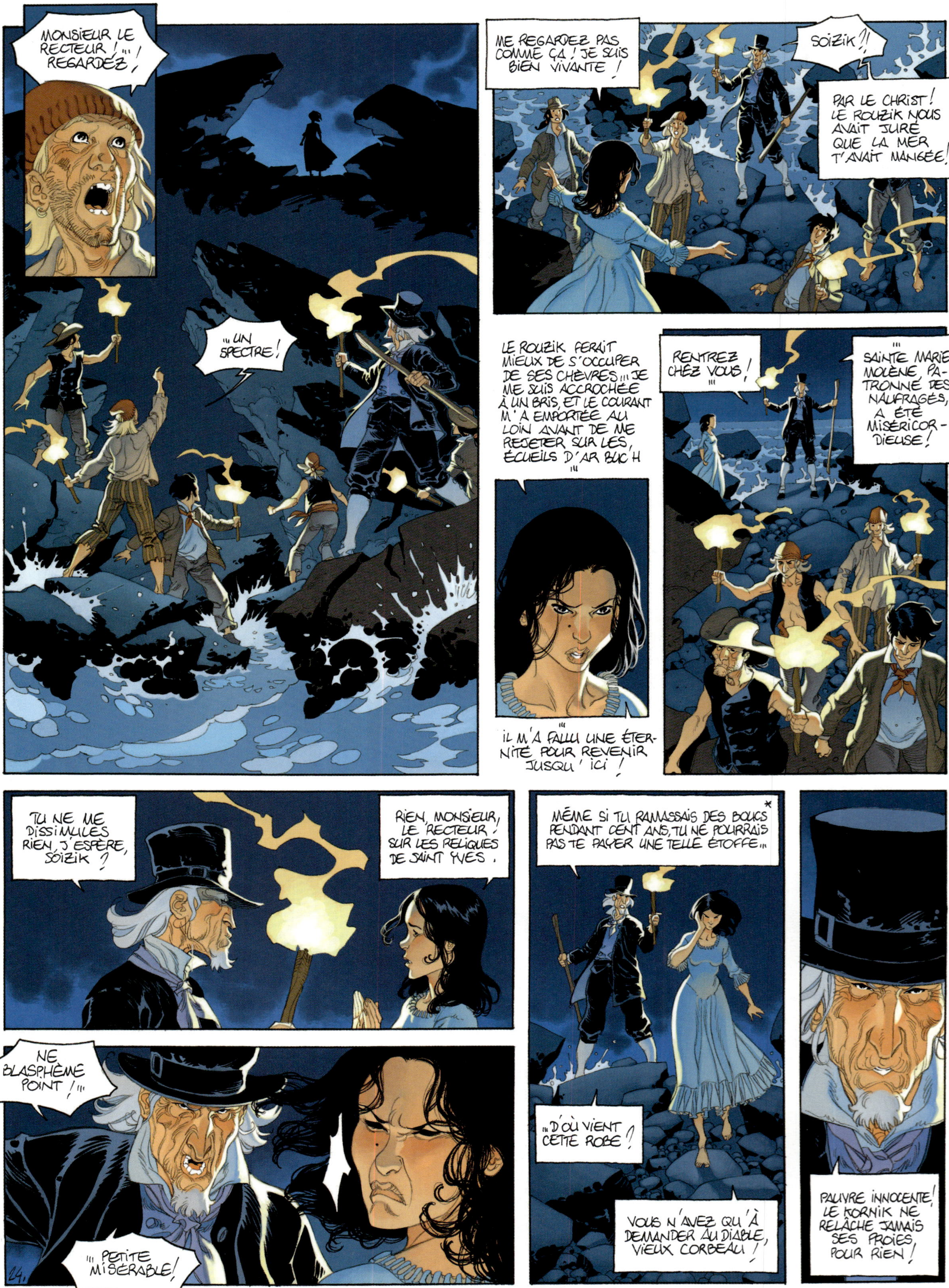
MONSIEUR LE RECTEUR !... REGARDEZ !
...UN SPECTRE !
ME REGARDEZ PAS COMME ÇA ! JE SUIS BIEN VIVANTE !
SOIZIK ?!
PAR LE CHRIST ! LE ROUZIK NOUS AVAIT JURÉ QUE LA MER T'AVAIT MANGÉE !
LE ROUZIK FERAIT MIEUX DE S'OCCUPER DE SES CHÈVRES... JE ME SUIS ACCROCHÉE À UN BRIS, ET LE COURANT M'A EMPORTÉE AU LOIN AVANT DE ME REJETER SUR LES ÉCUEILS D'AR BUC'H
...IL M'A FALLU UNE ÉTERNITÉ POUR REVENIR JUSQU'ICI !
RENTREZ CHEZ VOUS !...
SAINTE MARIE MOLÈNE, PATRONNE DES NAUFRAGÉS, A ÉTÉ MISÉRICORDIEUSE !
TU NE ME DISSIMULES RIEN, J'ESPÈRE, SOIZIK ?
RIEN, MONSIEUR LE RECTEUR ! SUR LES RELIQUES DE SAINT YVES.
NE BLASPHÈME POINT !...
... PETITE MISÉRABLE !
MÊME SI TU RAMASSAIS DES BOUCS* PENDANT CENT ANS, TU NE POURRAIS PAS TE PAYER UNE TELLE ÉTOFFE...
...D'OÙ VIENT CETTE ROBE ?
VOUS N'AVEZ QU'À DEMANDER AU DIABLE, VIEUX CORBEAU !
PAUVRE INNOCENTE ! LE KORNIK NE RELÂCHE JAMAIS SES PROIES POUR RIEN !

* CREVETTES

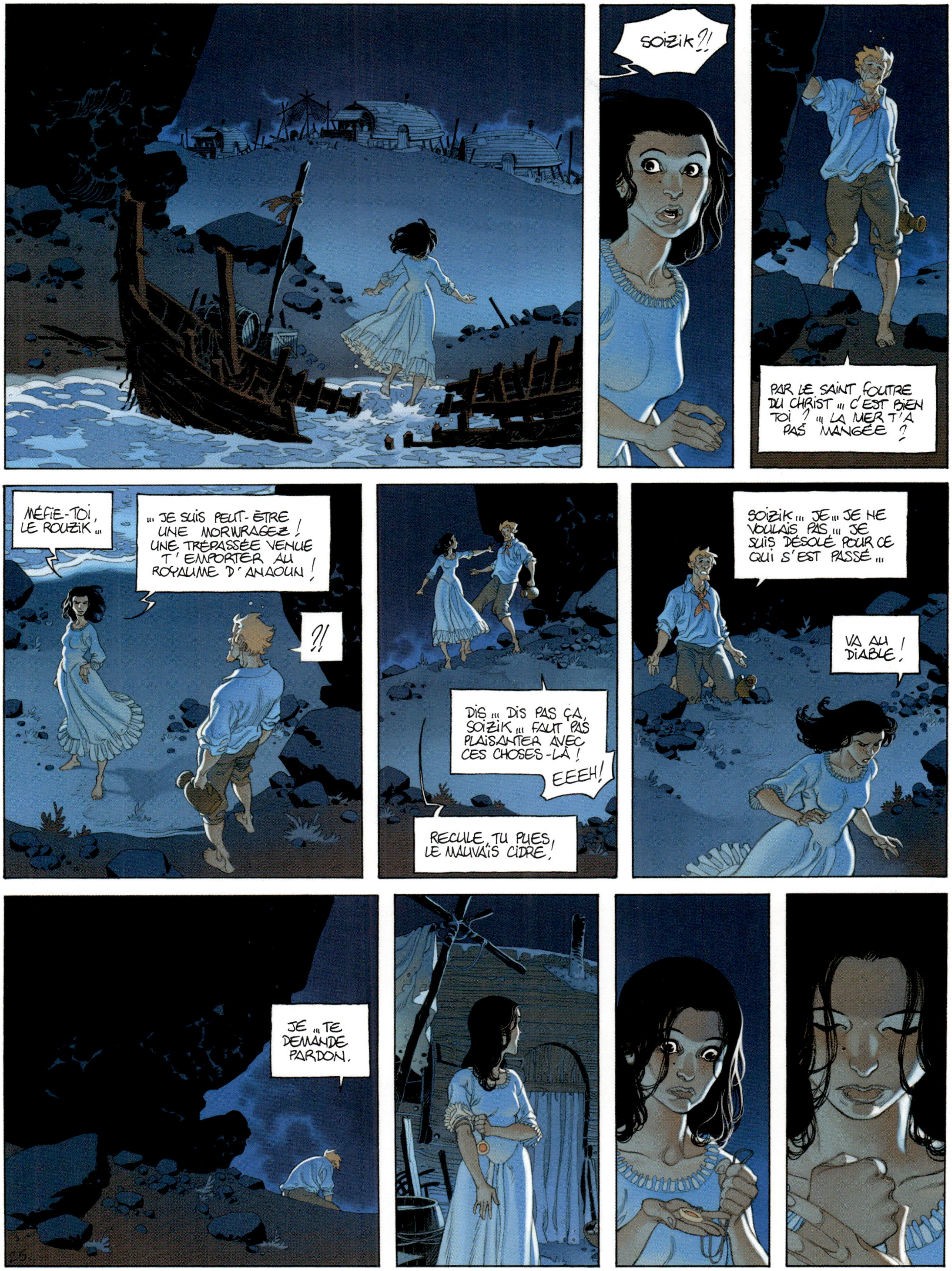
SOIZIK ?!
PAR LE SAINT FOUTRE DU CHRIST ... C'EST BIEN TOI ? ... LA MER T'A PAS MANGÉE ?
MÉFIE-TOI, LE ROUZIK ...
... JE SUIS PEUT-ÊTRE UNE MORWRAGEZ ! UNE TRÉPASSÉE VENUE T'EMPORTER AU ROYAUME D'ANAOUN !
?!
DIS ... DIS PAS ÇA, SOIZIK ... FAUT PAS PLAISANTER AVEC CES CHOSES-LÀ !
EEEH !
RECULE, TU PUES LE MAUVAIS CIDRE !
SOIZIK ... JE ... JE NE VOULAIS PAS ... JE SUIS DÉSOLÉ POUR CE QUI S'EST PASSÉ ...
VA AU DIABLE !
JE ... TE DEMANDE PARDON.

ALORS ? PERSONNE ?
MÊÊÊÊ
PERSONNE NE RELÈVE MON DÉFI CETTE ANNÉE ?!...
...ALLONS ! S'IL Y A UN GARS COURAGEUX QUI VEUT M'AFFRONTER, QU'IL FRANCHISSE LA LIGNE !...
...BENEZ DOUÉ ! Y A DONC QUE DES MAUVIETTES DANS CE VILLAGE ?!!
PTOUI
ALLEZ, NOS HOMMES ! FAITES-LUI MANGER LA POUSSIÈRE, AU ROUQUIN !!
PAS SI BÊTE ! LE DERNIER QUI A OSÉ AFFRONTER LE ROUZIK L'AN DERNIER A EU LES OS ROMPUS !
P'TÊT BEN QU'UNE BIQUE COMME ENJEU, ÇA VOUS MOTIVE PAS ASSEZ !...
...JE VOUS PROPOSE MIEUX !
MÊÊÊ
EEH ?
SI PERSONNE NE RELÈVE MON DÉFI, LA SOIZIK SERA À MOI !!

LÂCHE-MOI, KORENTIN, OU JE T'ARRACHE LES YEUX !!
ALORS ? PERSONNE ?
MOI !!
GWÉMON !?
QUI ES-TU ? JE T'AI JAMAIS VU DANS LE CANTON...
PEU IMPORTE QUI IL EST ! LE RÈGLEMENT DU GOUREN* PRÉVOIT QUE TOUTE PERSONNE QUI RELÈVE LE DÉFI PEUT SE MESURER AU CHAMPION DE L'ANNÉE PRÉCÉDENTE !
* LUTTE BRETONNE
IL A RAISON !
T'AS PEUR, LE ROUZIK ?
TU L'AURAS VOULU ! DÉGAGEZ LE TERRAIN, VOUS AUTRES !
TU ES FOU, GWÉMON ! IL VA TE BROYER LES OS !!
28.
LUTTEZ !!

EEEH ?
BIEN ESSAYÉ !
IL RÉSISTE BIEN, LE GREWCHON !
LE PAUVRE, IL N'A AUCUNE CHANCE FACE À CETTE BRUTE.
T'ES PLUS COSTAUD QUE JE PENSAIS, PETIT, MAIS TU NE FAIS PAS LE POIDS !...
... FINISSONS-EN !
LE ROUQUIN LUI A FAIT SON FAMEUX FAUCHAGE "TAOL BIZ TROAT" !
ARRÊTE, LE ROUZIK ! IL A FAIT "LAMM" ! SES ÉPAULES ONT TOUCHÉ LE SOL !...
ÇA SUFFIT !
... PAS BESOIN DE LUI CASSER LE BRAS.
GWÉMON, ÇA VA ?!
LAISSE-MOI, SOIZIK ! JE SUIS RIDICULE !
NON !! TOI, LÂCHE-MOI TOUT DE SUITE !!
PERSONNE D'AUTRE ?...
... ALORS LA SOIZIK EST MIENNE !
PAS SI VITE, JEUNE BOUC !!
... FAUT CROIRE QUE LA COMPAGNIE DE TES CHÈVRES NE T'A PAS APPRIS LES BONNES MANIÈRES !
... DÉPOSE TOUT DE SUITE CETTE JEUNE FILLE AVANT QUE JE TE CARESSE L'ÉCHINE !...

ALORS ?... QUAND TU AURAS FINI DE JOUER À LA POUPÉE COMME UNE FILLETTE, PEUT-ÊTRE TE DÉCIDERAS-TU À M'AFFRONTER ?!
QUOI ?!!
À LA BONNE HEURE !
J'AI OUÏ DIRE QUE, DANS CE VILLAGE, CE SONT LES FEMMES QUI PORTENT LA CULOTTE VU QUE LES HOMMES N'ONT RIEN DANS LE "BRAGOU".
AH OUICHE ? ON VA VÉRIFIER ÇA TOUT DE SUITE !
LUTTEZ !
AOUH !
T'AS VU LA PARADE ? IL EST COSTAUD, LE BOUGRE.
D'OÙ VIENT-IL ? J'AI JAMAIS VU SA TROGNE.
TOI, TU VAS ME PAYER ÇA !...
T'AIMES LE SABLE, J'ESPÈRE ? VU QUE JE VAIS T'EN FAIRE BOUFFER UNE LIVRE !
ÇA Y EST ! LE ROUZIK A NOUÉ SON REDOUTABLE "PEG KORN"... IL VA LUI BROYER LES REINS, À L'ÉTRANGER !
PARDI ! PERSONNE A JAMAIS RÉUSSI À LUI FAIRE LÂCHER SA PRISE, AU KORENTIN !

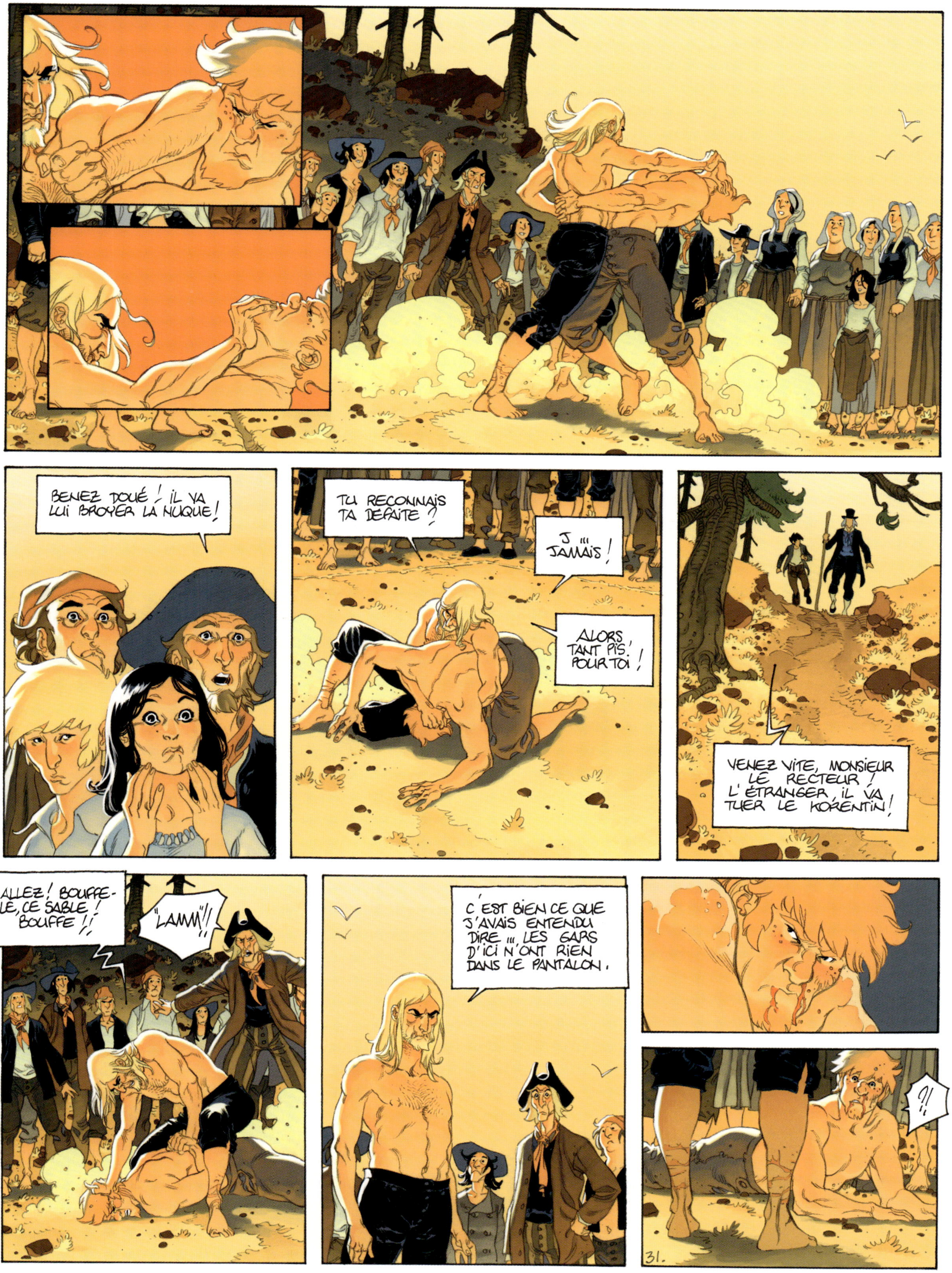
BENEZ DOUÉ ! IL VA LUI BROYER LA NUQUE !
TU RECONNAIS TA DÉFAITE ?
J ... JAMAIS !
ALORS, TANT PIS ! POUR TOI !
VENEZ VITE, MONSIEUR LE RECTEUR ! L'ÉTRANGER, IL VA TUER LE KORENTIN !
ALLEZ ! BOUFFE-LE, CE SABLE ! BOUFFE !!
"LAMM" !!
C'EST BIEN CE QUE J'AVAIS ENTENDU DIRE ... LES GARS D'ICI N'ONT RIEN DANS LE PANTALON.
?!
31.

PAS ÉTONNANT QUE SES BRAS SOIENT SI PUISSANTS !...
...REGARDEZ SES MOLLETS, ON VOIT ENCORE LA MARQUE DES FERS !
AVOUE DONC ! C'EST SUR LES RAMES DES GALÈRES QUE T'AS MUSCLÉ TES BRAS !
KONAN !!
MISÉRABLE ! COMMENT OSES-TU REVENIR SUR LES LIEUX DE TES FORFAITS ?
MAHÉ ! LE TORTE ! COUREZ À LA MARÉCHAUSSÉE DE SAINT-TUGDUAL ! PRÉVENEZ LES KÉDIGS* QU'ON A UN BAGNARD ÉVADÉ !
NE ME MENACE JAMAIS PLUS, VIEUX DÉBRIS !...
...JAMAIS !
*GENDARMES
PAS BESOIN DE RÉVEILLER CES LOURDAUDS, JE NE SUIS PAS UN ÉVADÉ !
...J'AI ÉTÉ LIBÉRÉ IL Y A UN MOIS DU BAGNE DE TOULON...
J'AI PAYÉ MA DETTE À LA SOCIÉTÉ. CE DOCUMENT L'ATTESTE !
POURQUOI TE SIGNES-TU, ANNICK ? C'EST QUI, CE KONAN ?!
UNE ENGEANCE DONT JE CROYAIS LA RACINE EXTIRPÉE !...
KONAN PORPHYRE !
PTOU !

QUE COMPTES-TU FAIRE ? ON NE VEUT PLUS DE PORPHYRE PAR ICI !
LE CHÂTEAU ME REVIENT, IL ME SEMBLE ! QUANT À MA MÈRE...
TA MÈRE ?...
...TON CHÂTEAU, IL A BRÛLÉ ! ET TA MÈRE DEDANS ! T'AS PLUS RIEN À FAIRE DANS LE COIN !...
...FOUS LE CAMP !!
LE RECTEUR A RAISON ! LES PORPHYRE ONT TOUJOURS AMENÉ LE "DROUK AVIZ" !
VA-T'EN !
MÊÊÊÊ
CROC
JE RESTE ! JE SUIS ICI CHEZ MOI !...
... SI QUELQU'UN VEUT ME CHASSER, IL SAIT OÙ ME TROUVER...
...DANS MON CHÂTEAU !
GWÉMON ! TU...
33.

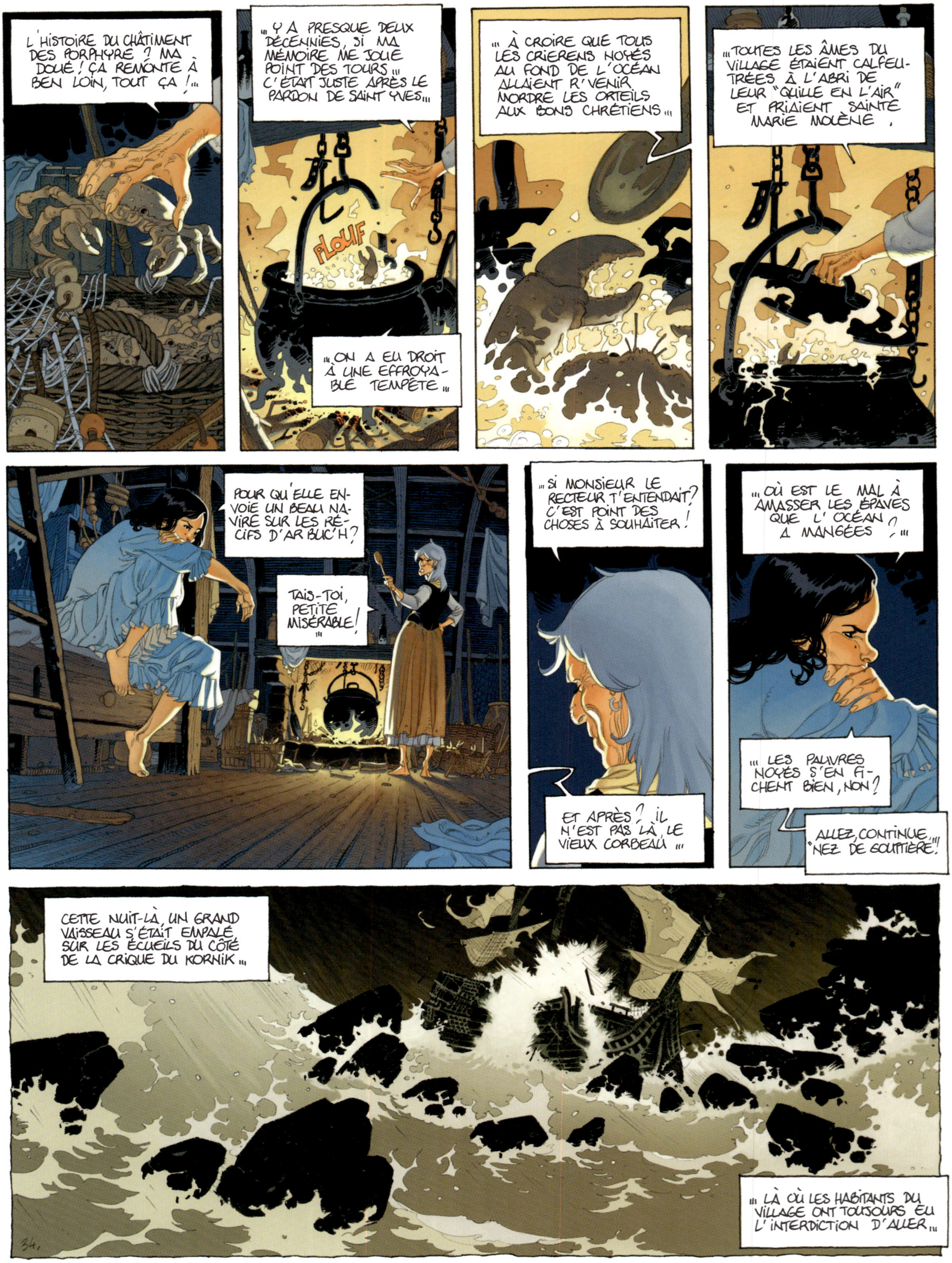
L'HISTOIRE DU CHÂTIMENT DES PORPHYRE ? MA DOUÉ ! ÇA REMONTE À BEN LOIN, TOUT ÇA !...
...Y A PRESQUE DEUX DÉCENNIES, SI MA MÉMOIRE ME JOUE POINT DES TOURS... C'ÉTAIT JUSTE APRÈS LE PARDON DE SAINT YVES...
PLOUF
...ON A EU DROIT À UNE EFFROYABLE TEMPÊTE...
...À CROIRE QUE TOUS LES CRIERENS NOYÉS AU FOND DE L'OCÉAN ALLAIENT R'VENIR MORDRE LES ORTEILS AUX BONS CHRÉTIENS...
...TOUTES LES ÂMES DU VILLAGE ÉTAIENT CALFEUTRÉES À L'ABRI DE LEUR "QUILLE EN L'AIR" ET PRIAIENT SAINTE MARIE MOLÈNE.
POUR QU'ELLE ENVOIE UN BEAU NAVIRE SUR LES RÉCIFS D'AR BUC'H ?
TAIS-TOI, PETITE MISÉRABLE !...
...SI MONSIEUR LE RECTEUR T'ENTENDAIT ? C'EST POINT DES CHOSES À SOUHAITER !
ET APRÈS ? IL N'EST PAS LÀ, LE VIEUX CORBEAU...
...OÙ EST LE MAL À AMASSER LES ÉPAVES QUE L'OCÉAN A MANGÉES ?...
...LES PAUVRES NOYÉS S'EN FICHENT BIEN, NON ?
ALLEZ, CONTINUE, "NEZ DE GOUTTIÈRE" !...
CETTE NUIT-LÀ, UN GRAND VAISSEAU S'ÉTAIT EMPALÉ SUR LES ÉCUEILS DU CÔTÉ DE LA CRIQUE DU KORNIK...
...LÀ OÙ LES HABITANTS DU VILLAGE ONT TOUJOURS EU L'INTERDICTION D'ALLER...

... À BORD DU NAVIRE À L'AGONIE, CEUX QUI N'AVAIENT PAS ÉTÉ EMPORTÉS PAR LES LAMES D'AR MOR IMPLORAIENT LA CLÉMENCE DU CIEL ...
... SOUDAIN ILS APERÇURENT UNE LUMIÈRE PERÇANT LES TÉNÈBRES ...
... C'ÉTAIT CELLE DU FANAL DE HYACINTHE PORPHYRE, LE MAÎTRE DU CHÂTEAU QUI SURPLOMBAIT LE LIEU DU DRAME, FLANQUÉ DE SES FILS ...
... LE VIEUX HYACINTHE AVAIT ÉTÉ SURNOMMÉ "GWER LAGADEL"* CAR IL AVAIT PERDU UN OEIL AU COURS D'UN DUEL, DIT-ON ...
* OEIL DE VERRE
... APERCEVANT LE SIGNAL, LES INFORTUNÉS COMMENCÈRENT À REPRENDRE ESPOIR ...
... LA CÔTE ÉTAIT DONC TOUTE PROCHE! ...
... UN MATHURIN PLUS HARDI QUE LES AUTRES S'ÉLANÇA DANS LES FLOTS DÉCHAÎNÉS, EMPORTANT UNE AMARRE ...
... LA PROVIDENCE SEMBLAIT LUI SOURIRE, IL PARVINT À ATTEINDRE LA CRIQUE ... L'AMARRE FUT SOLIDEMENT FIXÉE À UN ROCHER ...
... LEVANT SON FANAL, HYACINTHE DONNA LE SIGNAL QU'ON POUVAIT COMMENCER L'ÉVACUATION ...
... L'UN APRÈS L'AUTRE, LES MALHEUREUX AFFRONTÈRENT LES VAGUES, CROYANT À L'INTERVENTION DE LA DIVINE PROVIDENCE ...
... CE QU'ILS IGNORAIENT, C'EST QU'À L'ABRI DES REGARDS, LE MATELOT MIRACULÉ AVAIT EU LE CRÂNE FENDU EN DEUX D'UN COUP DE SABRE ...

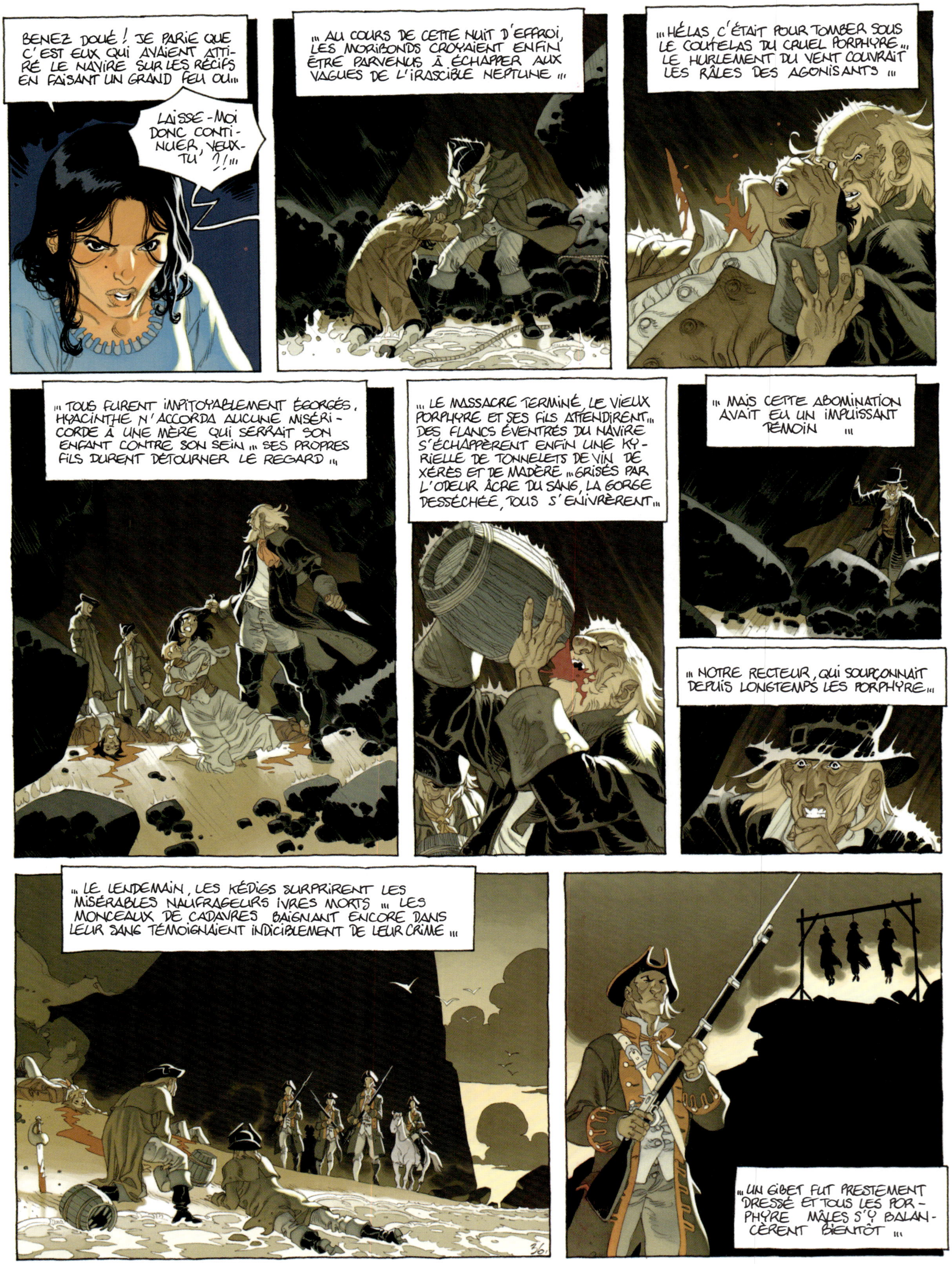

BENEZ DOUÉ ! JE PARIE QUE C'EST EUX QUI AVAIENT ATTIRÉ LE NAVIRE SUR LES RÉCIFS EN FAISANT UN GRAND FEU OU...
LAISSE-MOI DONC CONTINUER, VEUX-TU ?!
... AU COURS DE CETTE NUIT D'EFFROI, LES MORIBONDS CROYAIENT ENFIN ÊTRE PARVENUS À ÉCHAPPER AUX VAGUES DE L'IRASCIBLE NEPTUNE ...
... HÉLAS C'ÉTAIT POUR TOMBER SOUS LE COUTELAS DU CRUEL PORPHYRE ... LE HURLEMENT DU VENT COUVRAIT LES RÂLES DES AGONISANTS ...
... TOUS FURENT IMPITOYABLEMENT ÉGORGÉS. HYACINTHE N'ACCORDA AUCUNE MISÉRICORDE À UNE MÈRE QUI SERRAIT SON ENFANT CONTRE SON SEIN ... SES PROPRES FILS DURENT DÉTOURNER LE REGARD ...
... LE MASSACRE TERMINÉ, LE VIEUX PORPHYRE ET SES FILS ATTENDIRENT ... DES FLANCS ÉVENTRÉS DU NAVIRE S'ÉCHAPPÈRENT ENFIN UNE KYRIELLE DE TONNELETS DE VIN DE XÉRÈS ET DE MADÈRE ... GRISÉS PAR L'ODEUR ÂCRE DU SANG, LA GORGE DESSÉCHÉE, TOUS S'ENIVRÈRENT ...
... MAIS CETTE ABOMINATION AVAIT EU UN IMPUISSANT TÉMOIN ...
... NOTRE RECTEUR, QUI SOUPÇONNAIT DEPUIS LONGTEMPS LES PORPHYRE ...
... LE LENDEMAIN, LES KÉDIGS SURPRIRENT LES MISÉRABLES NAUFRAGEURS IVRES MORTS ... LES MONCEAUX DE CADAVRES BAIGNANT ENCORE DANS LEUR SANG TÉMOIGNAIENT INDICIBLEMENT DE LEUR CRIME ...
... UN GIBET FUT PRESTEMENT DRESSÉ ET TOUS LES PORPHYRE MÂLES S'Y BALANCÈRENT BIENTÔT ...

... RÉVOLTÉS PAR LE NAVRANT SPECTACLE DE LA JEUNE FEMME ÉGORGÉE, SERRANT ENCORE CONTRE ELLE SON BÉBÉ, LES KÉDIGS VOULURENT PENDRE ÉGALEMENT KONAN, LE PLUS JEUNE FILS DE HYACINTHE PRESQUE ENCORE UN ENFANT, AINSI QUE SA MÈRE POURTANT ENCEINTE JUSQU'AUX YEUX ... SEULE LA PROTECTION DU RECTEUR LEUR ÉVITA LE PIRE ...
... POURTANT LE CAPITAINE DES KÉDIGS EXIGEAIT UN CHÂTIMENT EXEMPLAIRE ...
... INSENSIBLE AUX SUPPLICATIONS DE SA MÈRE, IL FIT METTRE DES FERS À L'ENFANT ...
... MAIS CELA NE LUI SUFFISAIT PAS ... LE CAPITAINE VOULAIT FRAPPER DURABLEMENT LES ESPRITS ... IL ORDONNA DE CHAUFFER UN TONNELET DE GOUDRON DONT IL FIT ENDUIRE LE CADAVRE DE HYACINTHE AFIN D'ÉVITER SA PUTRÉFACTION ...
... PUIS IL LE FIT CERCLER DANS UN CORSETAGE DE FER QUI FUT SUSPENDU AU GIBET ...
... ENFIN LES KÉDIGS QUITTÈRENT LES LIEUX DE LA TRAGÉDIE TRAÎNANT LE JEUNE KONAN DERRIÈRE EUX ...
... MAIS AU VILLAGE DES "QUILLES EN L'AIR", LA COLÈRE GRONDAIT ...
... LA MORT DU VIEUX PORPHYRE AVAIT RENDU LEUR COURAGE AUX MOINS COUARDS DES BROUTEURS DE VARECH ...
... LA NUIT MÊME, ILS BOUTERENT LE FEU AU CHÂTEAU ...

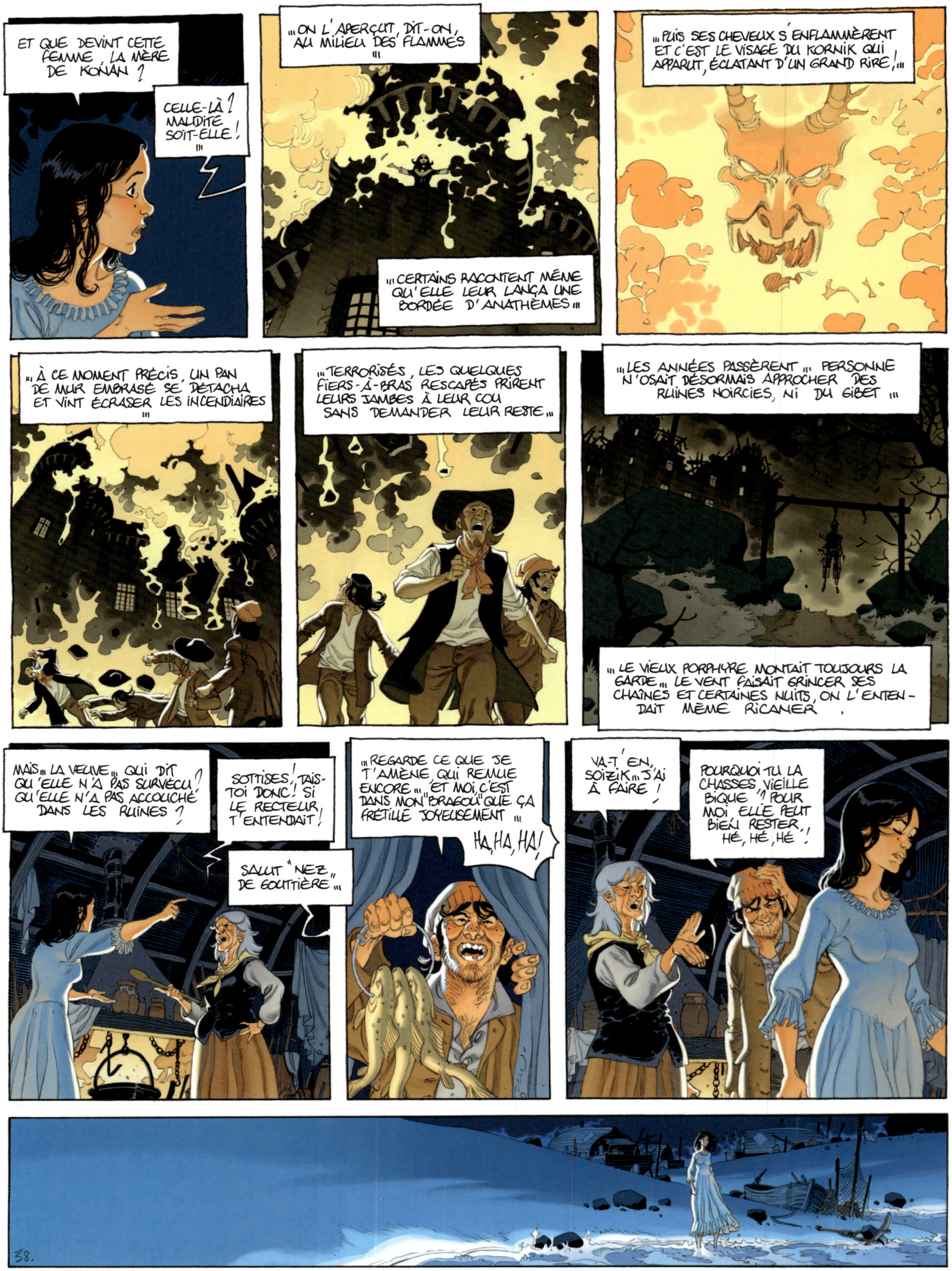

ET QUE DEVINT CETTE FEMME, LA MÈRE DE KONAN ?
CELLE-LÀ ? MAUDITE SOIT-ELLE ! ...
... ON L'APERÇUT, DIT-ON, AU MILIEU DES FLAMMES ...
... CERTAINS RACONTENT MÊME QU'ELLE LEUR LANÇA UNE BORDÉE D'ANATHÈMES ...
... PUIS SES CHEVEUX S'ENFLAMMÈRENT ET C'EST LE VISAGE DU KORNIK QUI APPARUT, ÉCLATANT D'UN GRAND RIRE ! ...
... À CE MOMENT PRÉCIS, UN PAN DE MUR EMBRASÉ SE DÉTACHA ET VINT ÉCRASER LES INCENDIAIRES ...
... TERRORISÉS, LES QUELQUES FIERS-À-BRAS RESCAPÉS PRIRENT LEURS JAMBES À LEUR COU SANS DEMANDER LEUR RESTE ...
... LES ANNÉES PASSÈRENT ... PERSONNE N'OSAIT DÉSORMAIS APPROCHER DES RUINES NOIRCIES, NI DU GIBET ...
... LE VIEUX PORPHYRE MONTAIT TOUJOURS LA GARDE ... LE VENT FAISAIT GRINCER SES CHAÎNES ET CERTAINES NUITS, ON L'ENTENDAIT MÊME RICANER .
MAIS ... LA VEUVE ... QUI DIT QU'ELLE N'A PAS SURVÉCU ? QU'ELLE N'A PAS ACCOUCHÉ DANS LES RUINES ?
SOTTISES ! TAIS-TOI DONC ! SI LE RECTEUR T'ENTENDAIT !
SALUT "NEZ DE GOUTTIÈRE" ...
... REGARDE CE QUE JE T'AMÈNE, QUI REMUE ENCORE ... ET MOI, C'EST DANS MON "BRAGOU" QUE ÇA FRÉTILLE JOYEUSEMENT ...
HA, HA, HA !
VA-T'EN, SOIZIK ... J'AI À FAIRE !
POURQUOI TU LA CHASSES, VIEILLE BIQUE ? POUR MOI ELLE PEUT BIEN RESTER, HÉ, HÉ, HÉ !
38.

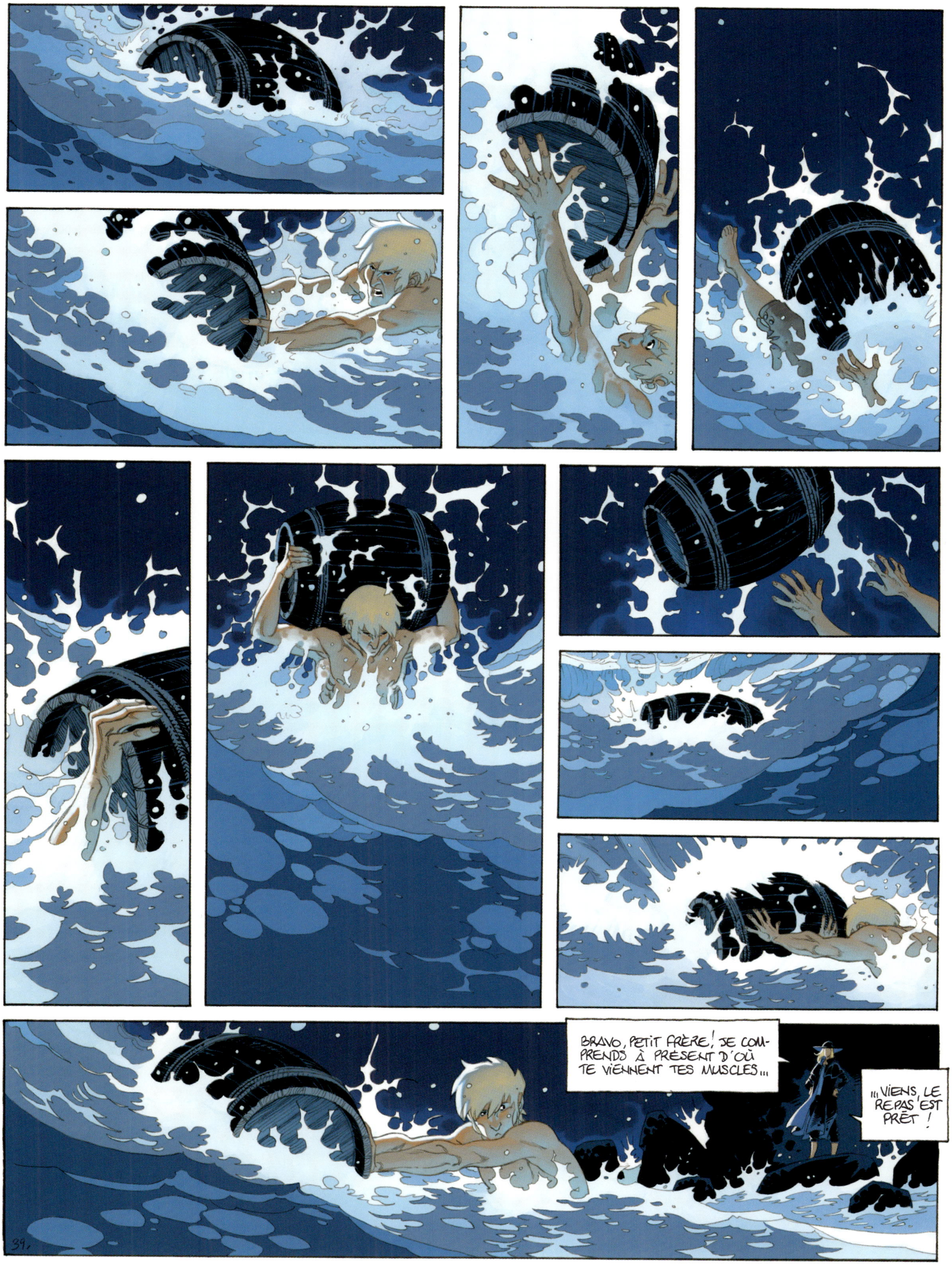

BRAVO, PETIT FRÈRE ! JE COMPRENDS À PRÉSENT D'OÙ TE VIENNENT TES MUSCLES...
... VIENS, LE REPAS EST PRÊT !

?!
... L'OEIL DE VERRE.
... GWÉMON A DÛ LE PERDRE PENDANT QU'IL LUTTAIT AVEC KORENTIN ...
... TIENS ? ...
... ON DIRAIT UNE INSCRIPTION ...
... ÇA RESSEMBLE À CE QUI EST ÉCRIT SUR LES STATUES À L'ÉGLISE ...
... SÛREMENT DU LATIN ...
... GWÉMON !

MÈRE N'A PAS L'AIR DE ME RECONNAÎTRE... J'AI BIEN PEUR QU'ELLE AIT PERDU LA RAISON !...
... DIS, TU M'ÉCOUTES AU LIEU DE FIXER BÊTEMENT L'ORBITE VIDE DE CETTE CHÈVRE ?
OÙ TU VAS ? T'AS VU L'ANKOU ? OU UNE BANDE DE KORRIGANS ?...
HÉ ? TU ME RÉPONDS ?
PAS BAVARD, LE PETIT FRÈRE.
BENEZ DOUÉ ! IL A DÛ TOMBER DE MA POCHE PEN-DANT LE GOUREN !
?? !!
AAAA

L'OEIL! ...
... IL M'A ÉCHAPPÉ DES MAINS! ...
... AIDE-MOI À LE RETROUVER AU LIEU DE ME REGARDER COMME ÇA!
C'EST ÇA QUE TU CHERCHES, GAMINE?
EUH... OUI, MERCI.
EH?! PAR LE SANG NOIR DES MALAMOKS! ...
... MAIS C'EST UN OEIL DE VERRE. UN OEIL SEMBLABLE À CELUI DE...
... NON! CE N'EST PAS POSSIBLE! ...
C'EST À MOI!
MAIS SI, PAS DE DOUTE! CET OEIL M'A TERRORISÉ TOUTE MON ENFANCE... C'EST CELUI DE HYACINTHE PORPHYRE ...
... MON PÈRE!
COMMENT EST-IL EN TA POSSESSION, PETIT FRÈRE? ...
... HM ...
... JE CROIS QU'ON A FINALEMENT BEAUCOUP DE CHOSES À SE RACONTER, TOUS LES DEUX.

La SPHINGE
ALORS, MADAME ? C'EST BIEN LA "SPHINGE" ?
C'EST BIEN ELLE, KÉ-MENEUR. NOUS L'AVONS ENFIN RETROUVÉE !

?!
COMMENT OSEZ-VOUS PÉNÉTRER AINSI EN CE LIEU SAINT ?
... SORTEZ IMMÉDIATEMENT !
UN TON PLUS BAS, VILAIN CORBEAU !...
... NOS CHEVAUX SONT AU MOINS AUSSI RESPECTABLES QUE TES GRENOUILLES DE BÉNITIER .
AH ! AH ! AH !
QUI ÊTES-VOUS DONC, MADAME, POUR ÊTRE AUSSI INSOLENTE ?
JE SUIS HERMINE DE ROTHÉNEUF ET MON TEMPS EST PRÉCIEUX ...
... JE TE CONSEILLE DE RÉPONDRE LA VÉRITÉ À MES QUESTIONS OU IL T'EN CUIRA !
LE TROIS - MÂTS LA "SPHINGE" A FAIT NAUFRAGE NON LOIN D'ICI . PARMI LES CORPS REJETÉS PAR LES FLOTS, IL DEVAIT Y AVOIR UNE FEMME ... OÙ EST-ELLE INHUMÉE ?
C'EST EXACT ...
SON CADAVRE A ÉTÉ JETÉ DANS LA FOSSE DES PAÏENS ET DES INDIGENTS ! À PRÉSENT, JE ...

TU AS OSÉ ENSEVELIR LA DÉPOUILLE DE LA BELLE-FILLE DU COMTE DE ROTHÉNEUF PARMI LA PLÈBE ET LA CANAILLE... ET SANS AVOIR REÇU AUCUN SACREMENT !
MAIS... ELLE N'AVAIT SUR ELLE AUCUN SIGNE D'ALLÉGEANCE À NOTRE SEIGNEUR ! COMMENT AURAIS-JE PU SAVOIR ?!
SILENCE ! ASSEZ DE BONIMENTS !...
...CONDUIS-MOI IMMÉDIATEMENT SUR LES LIEUX !
JE... JE VAIS VOUS Y CONDUIRE...
C'EST ICI...
GUÉNOLÉ ! LA PELLE !
CREUSE, RECTEUR !...
DÉPÊCHE-TOI !...
...IL ME TARDE DE REVOIR MA CHÈRE BELLE-SOEUR !

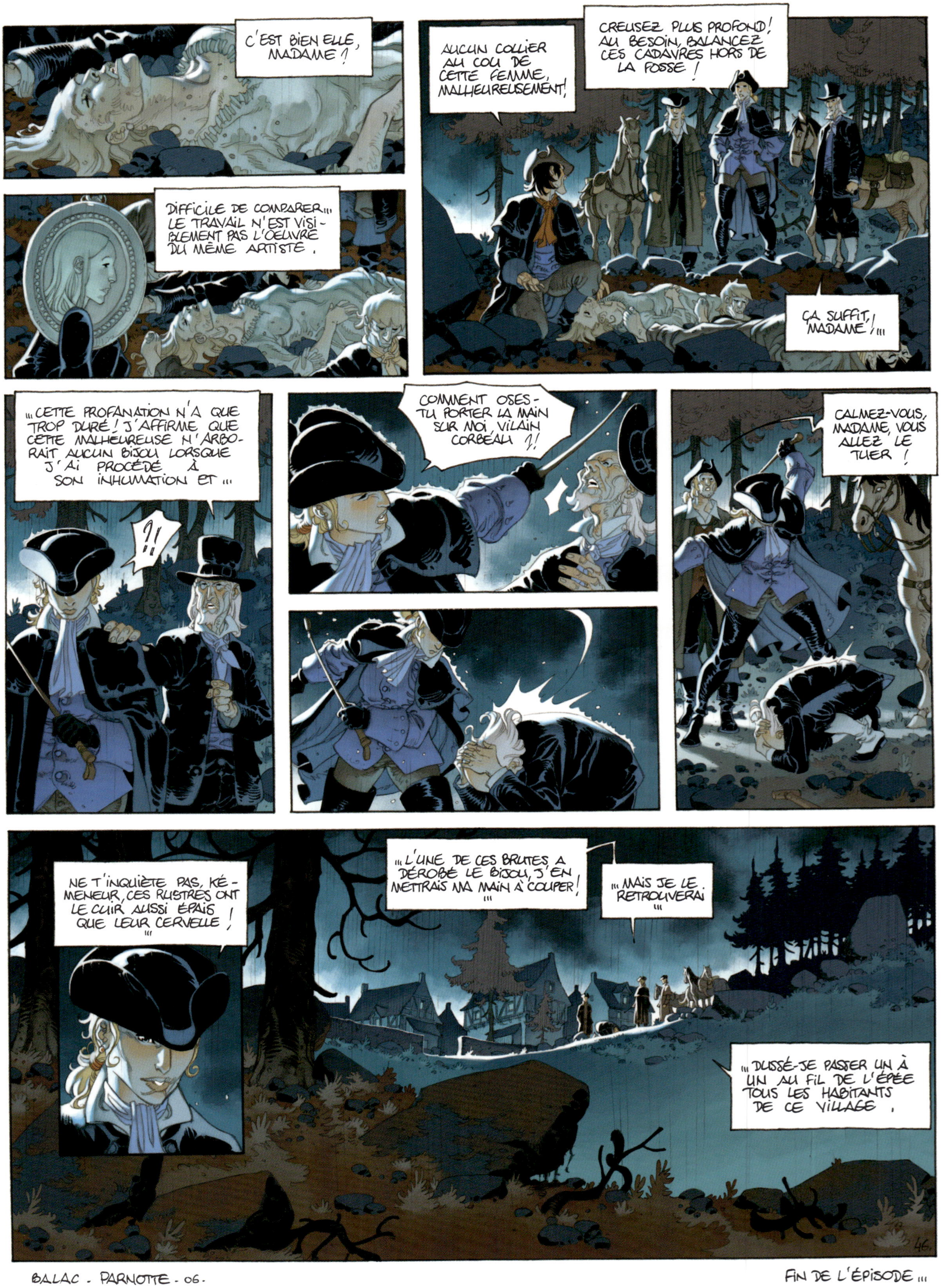

BALAC - PARNOTTE - 06.

FIN DE L'ÉPISODE...